1903 – Février
18

VENTE

HOTEL DROUOT, SALLE N° 11

**Les Mercredi 18 et Jeudi 19 Février 1903**

A 2 HEURES 1/4

# MEUBLES DE STYLES

## ET D'ÉPOQUES

## Renaissance, Louis XV et Louis XVI

*Piano à queue d'Erard*

MARBRES, BRONZES, PORCELAINES

## BEAUX BIJOUX

Argenterie d'ODIOT et de FROMENT MEURICE

*LIVRES — TAPIS — TENTURES*

Me RENÉ LYON
COMMISSAIRE-PRISEUR
*29, rue Le Peletier, 29*

M. ARTHUR BLOCHE
EXPERT PRÈS LA COUR D'APPEL
*28, rue de Châteaudun, 28*

EXPOSITION PUBLIQUE

**Le Mardi 17 Février 1903**

DE 2 H. A 6 HEURES

PARIS, IMPRIMERIE MÉNARD ET CHAUFOUR
C. CHAUFOUR, Successeur
8-10, Rue Milton

## CONDITIONS DE LA VENTE

La vente sera faite au comptant.

Les acquéreurs paieront *dix pour cent* en sus des prix d'adjudication.

L'Exposition mettant le public à même de se rendre compte de l'état des objets, aucune réclamation ne sera admise une fois l'adjudication prononcée.

Paris. -- Imp. C. Chaufour, 8-10, rue Milton.

# DÉSIGNATION

## BIJOUX

1 — Belle broche en brillants avec grosse perle au centre.

2 — Bague composée d'un gros rubis d'Orient entouré de brillants.

3 — Bague enrichie d'un beau brillant solitaire.

4 — Paire de beaux boutons d'oreilles formés par une grosse perle blanche, entourée de huit brillants.

5 — Beau bracelet en or enrichi de brillants.

6. — Bracelet en or enrichi d'une turquoise, de brillants et de roses.

7 — Chaîne de gilet en or et malachite.

8 — Lot de jetons et pièces de monnaie.

9 — Bague nœud gardien en fil d'or contourné.

10 — Alliance pouvant s'ouvrir, ornée de feuilles de lierre en or giselé.

11 — Bague orné d'une tête de chateleine.

12 — Boucle de ceinture en argent doré.

13 — Garniture en émail rouge, composé de quatre boutons de manchettes et quatre boutons de chemise.

14 — Garniture de quatre boutons de manchettes en onyx noire et un bouton de col moutures or.

15 — Sautoir corail enrichi de dix grosses perles fines et de petites perles fines.

16 — Bracelet en or orné de six boules en turquoises.

17 — Broche en or avec petite perle fine au centre.

18 — Broche Louis XVI en marcassites.

19 — Epingle de cravate en or avec grosse perle fine.

20 — Bague marquise en or enrichie d'une opale.

21 — Bague en or enrichie de trois brillants.

22 — Bague en or, perle fine et diamants.

23 — Epingle à chapeau ornée d'une grosse perle fine, de roses et de rubis.

24 — Trois boutons de chemise enrichis de trois turquoises entourées de roses.

25 — Bague en or orné d'un rubis entouré de brillants et deux brillants sur le corps.

26 — Paire de boutons d'oreilles pavés de vingt brillants.

27 — Etui en or.

28 — Garniture de quatre boutons de manchettes émaillés et deux boutons de chemise, monture or.

29 — Deux boutons de chemisette ornés de pierres de fantaisie.

30 — Deux boutons de chemise en or.

31 — Garniture de deux boutons de manchettes et trois boutons de chemise en or ciselé.

32 — Bracelet gourmette enrichi d'une émeraude et de six brillants.

33 — Bracelet en or et platine incrusté et repercé.

34 — Bracelet en or orné d'une turquoise et de deux perles.

35 — Bracelet fil, boules en argent doré.

36 — Bracelet fil, olives en argent doré.

37 — Bracelet en or mat et filigrane avec le mot Roma.

38 — Broche serpent.

39 — Broche modèle Louis XV ornée de saphirs et de diamants.

40 — Broche barette ornée de rubis et de roses.

41 — Broche forme rosace en or émaillé avec perle au centre, et enrichie de roses.

42 — Broche forme anneau avec saphir au centre.

43 — Broche forme nœud de ruban avec semis de roses et de saphirs.

44 — Chaîne ancienne en or à maillons ciselés

45 — Fermoir de collier en or enrichi de cinq perles.

46 — Chaîne Régence en argent avec médaille de St-Georges.

47 — Collier spirale en argent doré.

48 — Fourche en écaille avec nœud en or.

49 — Epingle à chapeau, boule en émail cloisonné.

50 — Deux petits peignes de touffes en écaille monture or, avec trèfle en diamants.

51 — Petit peigne de touffes en écaille monture or avec cinq trèfles en diamants.

52 — Broche ornée de fruits en grenats et diamants.

53 — Broche en or ciselé et émaillé bleu.

54 — Broche en or tête d'enfant.

55 — Médaillon en or et platiné ajouré et ciselé.

56 — Médaille de St-Antoine en argent.

57 — Montre en or.

58 — Broche forme carotte en or émaillé.

59 — Porte-mine en or forme carotte.

60 — Breloque en or forme carotte.

## ARGENTERIE

61 — Très belle cuvette et son pot à eau en argent ciselé intérieur en vermeil. Style Louis XVI de la maison Odiot.

62 — Boîte de six couverts en argent.

63 — Grande jardinière en cristal monture en argent.

64 — Coupe en argent ciselé et acier incrusté supportée par un groupe de trois femmes. Travail de Froment Meurice.

65 — Salière Louis XV en argent ciselé.

66 — Salière forme cygne en argent ciselé.

67 — Salière Louis XVI en argent ciselé.

68 — Deux verres à liqueurs montures argent Louis XV.

69 — Carafe en cristal monture en vermeil à feuilles de vignes.

70 — Coupe en cristal gravé monture Louis XVI en argent doré.

71 — Poëlon en terre émaillée bleu monture Louis XV en argent ciselé.

72 — Service de quatre pièces en argent Russe niellé.

73 — Deux couverts en métal argenté.

74 — Cuiller à café souvenir de la colonne Vendôme.

75 — Etui à cure dents forme poisson en argent doré.

76 — Six couteaux dans un écrin manches en porcelaine, montures argent.

77 — Plateau de style Renaissance en argent ciselé.

78 — Porte menu Louis XV en argent ciselé dorure en réserve.

79 — Vase forme boule en argent parties dorées.

80 — Cornet en cristal monture Louis XV en argent parties dorés.

81 — Coupe Bacchus enfant en argent ciselé Louis XV.

82 — Encrier de forme carrée en argent parties dorées en réserve.

83 — Bonbonnière ronde en cristal gravé, couvercle en argent ciselé parties dorées.

84 — Bonbonnière carrée en cristal, couvercle en argent doré avec pensées émaillées.

85 — Bonbonnière ovale en cristal gravé couvercle en argent doré à attributs de musique.

86 — Bonbonnière ronde en cristal, couvercle orné d'un mascaron en argent ciselé et repoussé.

87 — Confiturier en cristal gravé, décoré de fraises en argent doré.

88 — Cinq coupes à fruits en argent ciselé.

89 — Flacon de toilette en argent, monture Louis XVI en argent doré.

90 — Petit flacon de poche Louis XVI en argent ciselé, parties dorées.

91 — Petit flacon Louis XVI formant cachet en argent ciselé, parties dorées.

92 — Six manches de couteaux en porcelaine de Saxe.

93 — Petite liseuse en ivoire, monture argent.

94 — Pomme de canne Louis XVI en argent ciselé, dorure en réserve.

95 — Garniture d'ombrelle en argent, bequille et extrémités de baleines, dans un écrin.

96 — Lampe de fumeur en métal doré.

97 — Glace de poche monture en argent ciselé.

98 — Timbale en argent ciselé.

99 — Vase à odeur en cristal, inscrustations et monture argent,

100 — Bonbonnière en argent ciselé, parties dorées en réserves.

102 — Cendrier en argent gravé et parties dorées.

103 — Cuiller en argent doré, souvenir Napoléonien.

104 — Grelot de bicyclette en argent.

105 — Flacon en porcelaine de Saxe.

106 — Yatagan en argent.

107 — Deux plateaux en métal anglais.

## MEUBLES

108 — Piano à queue d'Erard.

109 — Curieux billard en marqueterie de bois, dessin à figures et ornements raphaëlesques.

110 — Joli mobilier de salon de style Louis XVI en bois sculpté et doré, dessin à perlés et rubans enroulés, recouvert de satin et velours giselé vieux rose, il se compose d'un canapé, deux fauteuils et deux chaises.

111 — Glace d'entre-deux avec cadre en bois sculpté et doré orné de guirlandes, style Louis XVI.

112 — Petite console en bois sculpté et doré, ornée de guirlandes, dessus en marbre. Style Louis XVI.

113 — Deux fauteuils à dossiers arrondis en bois de noyer sculpté, dessin rocailles, foncés de canne. Style Louis XV.

114 — Guéridon en bois sculpté et doré, bandeau à ornements et guirlandes, dessus en marbre Style Louis XVI.

115-116 — Deux bergères, dossiers à caissons en bois sculpté et doré, dessin lauriers, rais de cœur et feuillages, couvertes et gaînées en soie brochée à corbeilles de fleurs, gerbes et guirlandes. Style Louis XVI.

117 — Paravent japonais à quatre feuilles en soie brodée d'oiseaux et de fleurs.

118 — Petit meuble étagère en bois de fer sculpté à jour, travail chinois.

119 — Table en laque du Japon, fond noir à rehauts d'or, sur piétement en bambou.

120 — Ecran en bois de noyer à filets dorés, avec panneau en tapisserie au point à personnages.

121 — Ameublement de chambre à coucher de style Louis XV, en palissandre ciré.

122 — Salle à manger en noyer ciré. Style Renaissance.

123 — Ameublement de salon en noyer sculpté recouvert de soierie brochée. Style Louis XV.

124-125 — Deux bergères en bois doré et soie crême. Style Louis XV.

126 — Glace avec cadre en bois sculpté et doré. Epoque Louis XIV.

127 — Grand bahut en bois sculpté. Epoque Louis XIV.

128 — Meuble à deux corps en chêne de style Louis XV.

129 — Petit bahut à deux corps. Style Louis XIII.

130 — Vitrine en acajou et cuivre. Style Louis XVI.

131 — Table-guéridon en acajou et cuivre. Style Louis XVI.

132 — Table guéridon, époque Louis XVI, en marqueterie de bois aux armes de France.

133 — Vitrine de style Louis XV décorée de peintures, genre vernis Martin.

134 — Douze chaises de salle à manger de style Louis XV en bois sculpté peint gris, foncées de canne dorées avec draperies et coussins en soierie verte.

135 — Chaise longue en trois parties de style XVIIIe siècle en bois sculpté et doré recouverte de soie verte.

136 — Deux bergères en bois sculpté et doré. Style Louis XV.

137 — Meuble de salon de style Louis XV, composé de cinq pièces en bois sculpté et doré recouvert de soierie brochée.

138 — Deux chaises légères en bois sculpté et doré, foncées de canne.

139 — Console de style Louis XVI en bois sculpté et doré, dessus en marbre.

140 — Paravent à trois feuilles, en bois sculpté et doré, surmontées de petites glaces biseautées.

## MARBRES

141 — Beau groupe en marbre : Le Passager du gué, de Madrassi.

142 — Grand buste en marbre : Apollon.

143 — Beau buste en marbre : Le Duc de Longueville, en riche costume de cour.

144 — Joli petit buste en marbre : L'enfant aux fleurs.

## OBJETS D'ART

145 — Jolie garniture de cheminée en bronze ciselé et doré, style Louis XVI. La pendule représente des enfants portant une sphère bleuie, les candélabres à figurines d'enfants avec bouquets de fleurs.

146 — Coupe en porcelaine de Tournai bleu turquoise avec médaillon à scène champêtre, monture en bronze doré. Style Louis XVI.

147 — Paire de flambeaux à figurines d'enfants en bronze patine foncée, dessus en marbre blanc, garnis de bronze doré. Style Louis XVI.

148 — Deux petits groupes en bronze : Les chevaux de Marly, sur socles en marbre noir.

149 — Paire de vases rouleaux en porcelaine de Chine, décorés de personnages

150 — Deux petits vases de Chine, décor à fleurs de pêchers en bleu.

151 — Divinité assise en grès de Chine, décor bronzé.

152 — Paire de petits vases en faïence chinoise, décor à personnages et ornements en émaux à relief.

153 — Paire de vases en émail cloisonné fond brun, à dessin polychrome.

154 — Deux petits vases en émail cloisonné à décor polychrome.

155 — Deux vases forme surbaissée avec couvercles de Chine, décor mosaïque à carrelages fond vert et à médaillons.

156 — Groupe en bronze : Bacchante.

157 — Paire de chenêts Louis XVI en bronze ciselé et doré.

158 — Paire de bras d'applique Louis XVI en bronze ciselé et doré.

159 — Statuette en bronze : le Joueur de pipeaux.

160 — Paire de candélabres Louts XVI formés

par des statuettes d'enfants tenant des branches de lumières.

161 — Importante garniture de cheminée en marbre rouge et bronze ciselé et doré : composé d'une pendule ornée d'une statuette, la Frayeur de Dumaige et de deux candélabres à six lumières, supportés par des cariatides de femmes.

162 — Paire de flambeaux Louis XVI en bronze.

163 — Paire de flambeaux en bronze, de style Henri II.

164 — Paire de vases en porcelaine de Chine, décor à personnages.

165 — Mosquée en ivoire découpé à jour.

166 — Belle pendule Louis XVI en marbre blanc et bronze ciselé et doré, représentant une femme assoupie.

167 — Grande pendule en marqueterie de cuivre et son socle style Louis XIV.

168 — Importante garniture de cheminée époque

Ier Empire en bronze ciselé et doré, composée d'une pendule ornée d'un groupe : le jour et la nuit, et de deux candélabres.

169 — Jolie garniture en porcelaine de Jacob Petit, composée d'une pendule et de deux candélabres.

170 — Vase formant candélabre en porcelaine gros bleu avec bouquet de lumières et anses en bronze doré.

171 — Deux vases en porcelaine décorée montures en bronze doré.

172 — Paire de flambeaux Louis XVI, bronze ciselé et doré.

173 — Groupe en terre cuite d'après Clodion.

174 — Statuette en bronze d'après l'antique : *Antinoüs*.

175 — Buste en biscuit. Jeune fille.

176 — Bacchante et enfant groupe, en biscuit.

177 — Lampe-suspension à l'électricité.

178 — Coffret en porcelaine d'Allemagne décorée.

179 — Deux candélabres en biscuit montures bronze.

180 — Buste en terre cuite : *Hébé*.

181 — Groupe en porcelaine : *Retour au village*.

182 — Petit buste en bronze doré. Style Louis XVI.

183 — Lustre hollandais en cuivre poli préparé pour l'électricité.

184 — Christ en bronze.

185 — Epée italienne.

186 — Cinq assiettes en porcelaine de Saxe (seront divisées).

187 — Cave à liqueurs marbre et bronze.

188 — Samovar en cuivre rouge.

189 — Statuette en terre cuite : la Châtelaine.

190 — Jardinière de style empire.

191 — Boite à thé style empire.

192 — Bas-relief en bronze de Barye : Aigle et chamois.

193 — Bas-relief en bronze de Barye : Aigle et serpent.

194 — Bas-relief en bronze de Barye : Cerf.

195 — Bas-relief en bronze de Barye : Chien d'arrêt.

196 — Deux cuvettes et deux pots à eau en porcelaine décorée Ier Empire.

197 — Miniature portrait de femme Louis XVI cadre doré.

198 — Miniature portrait de femme Louis XV, cadre doré.

199 — Miniature portrait de femme Louis XIV

200 — Miniature représentant un vieillard cadre en bois noir.

201 — Portrait de Mme Récanier.

202 — Deux miniatures sur ivoire dans un cadre en peluche rouge : Baigneuse et la Nymphe aux colombes.

203 — Miniature : L'heureux moment.

204-207 — Suite de trente-sept pièces sculptées à têtes de personnages sur os.

208 — Paire de flambeaux Louis XVI en cuivre ciselé et repoussé à cannelures.

# TABLEAUX, GRAVURES

DROLLING

209 — *Portrait d'enfant.*

BROWN (L.)

210 — *Tête d'enfant.*

211 — *Tête de femme.*

212 — *Bords de la Néva.*

213 — *Paysage.*

BRUANDET

214 — *Paysage.*

MILLET

215 — *L'Enfant boudeur.*

NEYMARCK

216 — *Chevaux de Marly.*

217 — *Entrée de l'avenue Kléber.*

218 — *L'Opéra au crépuscule.*

OSTOLLE

219 — *Entrée de village.*

ROSALBIN

220 — *L'Amour désarmé.*

SAINTIN

221 — *Portrait d'enfant.*

ÉCOLE FRANÇAISE DU XVIIIe SIÈCLE

222 — *Intérieur d'étable* (aquarelle).

223 — *Les Cerises* (dessin).

ECOLE MODERNE

224 — *Femme nue dans un paysage.*

225 — *L'Enlèvement des Sabines*, gravure en noir.

225 *bis* — *Portrait de Marie-Antoinette*, gravure en couleur.

226 — *Le Bal et le Concert*, deux gravures en noir, d'après Saint-Aubin.

227 — *Le Menuet de la Mariée et la Noce au château* gravures en couleur d'après Debucourt.

228 — *L'Enlèvement nocturne*, gravure en couleurs.

229 — *Le lait et le café*, gravures en couleurs.

230 — Deux gravures anglaises en couleurs de Morland.

## LIVRES

231 à 241 — Environ 100 volnmes, ouvrages reliés et brochés, parmi lesquels les Contes de Lafontaine, édit. Paris, MDCCLXII, gravures de Eisen, Contes de Perrault, Poésies de Volette, Gavarni, etc.

## TAPIS, TENTURES

242 — Carpette d'Orient fond vieux rose.

243 — Tapis d'Orient dessin polychrome.

244 à 247 — Panneaux en satin brodé de la Chine : bandeaux, coussins, dessus de chaises (ce lot sera divisé).

248 — Pelisse en fourrure.

249 — Objets omis.

www.ingramcontent.com/pod-product-compliance
Ingram Content Group UK Ltd.
Pitfield, Milton Keynes, MK11 3LW, UK
UKHW020526180726
13839UKWH00005B/2338